장미와 햇볕

시작시인선 0526 장미와 햇볕

1판 1쇄 펴낸날 2025년 3월 7일
지은이 강유환
펴낸이 이재무
기획위원 김춘식, 유성호, 이형권, 임지연, 차성환, 홍용희
책임편집 이호석
편집디자인 김지웅, 정영아
펴낸곳 (주)천년의시작
등록번호 제301-2012-033호
등록일자 2006년 1월 10일
주소 (03132) 서울시 종로구 삼일대로32길 36 운현신화타워 502호
전화 02-723-8668
팩스 02-723-8630
블로그 blog.naver.com/poemsijak
이메일 poemsijak@hanmail.net

ⓒ강유환, 2025, printed in Seoul, Korea

ISBN 978-89-6021-801-7 04810
       978-89-6021-069-1 04810(세트)

값 11,000원

장미와 햇볕

강유환

천년의 시작

시인의 말

어느 날 야생의 말들이 들리기 시작했다. 받아쓰기가 정
갈해졌다. 머리에서 가슴으로 가는 길, 나팔꽃과 고양이
가, 북극곰과 창백하고 푸른 이 행성 이야기가 있어 더 아
름답다.

차 례

시인의 말

제1부 봄눈

제2부 나팔꽃 통신

제3부 아무르 호랑이

해 설

9

제1부 봄눈

사춘기

보약 먹이듯 부어 주는
뜨물 받아먹고 흰 작약은
해마다 부엌 담 앞에 피어났다

어느 날인가 자취방으로
작약 뿌리 달인 물이 흘러들었다

그 물 마실 때마다
아랫배 잡고 구르던
생리통이 점점 말개지고 있었다

생무명에 붉은 소목 물들듯
진홍 물이 몸에 순조롭게 번졌다

수십 그루 작약들이 몸에서 깨어나
달마다 꽃불 점등해 주었다

봄눈

때 잊은 눈이 중부 지방을 덮쳤다
기습적인 공격에 나무들 비명 지르고
밥 쪽으로 난 길고양이 길도 지워졌다
압사하기 직전인 꽃망울 옆
눈 속 헤집던 까치가
죽은 나뭇가지 물고 날아간다

네 시간째 갇혔다 뉴스가 뜨고
누구는 밤중 되어 집 가까이 왔다 했다
폭설이 목적지를 같게 한 걸까
길 위 행렬들이 불수의근처럼
온통 집 쪽으로 길을 낸다

하긴 수없는 길은 집으로 휘어들고
집은 다시 밖으로 수많은 길 만들었다
험해도 따뜻해도 기억은 길이다
길이 사라져도 집은 녹지 않을 것이다

울금빛으로 데워 놓은 방들이
꽃망울 같이 맺히는 곳 바라보다

눈 쓸어 조그맣게 밤 길을 낸다
얼마 있으면 쌓인 눈 위에 폭폭,
발자국들이 살구꽃처럼 돋아나겠다

혀 쇼

1

점순아, 밥 먹어라 밥때 되면 재깍 와야지 꼭 불러야 오
느냐 어여 실컷 먹어라 이리 이쁜 것이 세상 어디 있을까,
실컷 먹어라, 아니, 이놈으 시키가 또 엎네 길고양이가 로
얄캐닌 섞은 밥 먹는다면 다 웃는다 아이고 아까워, 너 맨
날 간식 먹고 싶으면 자지 말고 돈 벌어 오니라, 니가 출근
을 하냐 밥그릇을 씻냐 청소를 하냐 오늘만 사는 생이다 오
냐오냐하니까 신성한 밥에 발을 대? 앞으로 너는 로얄캐닌
도 특식도 간식도 택도 없을 따르미니라

2

올해 마지막 우주 쇼가 펼쳐지는 밤입니다 백 개 넘는 별
똥별이 참여합니다 길고양이 하나 못 구슬리고 대거리하는
은둔자 혀도 앞발에 침 발라 세수하는 혀도 백 번 넘게 미끄
러진 혀도 사랑이 식어 건성인 혀도 쇼 중계하는 혀도 빌붙
어 날쌘 혀도 영혼 없이 자유 남발하는 혀도 일본과 절친한
혀도 오만 사기 저장한 혀도 신념이 종교 되어 딱딱한 혀도
밤하늘 쇼 관람석에 입장하였습니다

별똥별이 떨어지기 시작합니다 실은 전투 펼치다 먼저 빛

을 잃고 사라지는 혀가 별똥별입니다

　땅은 하늘이니 저기 수많은 별들도 누워 머나먼 우주 속,
여기 행성 관전하겠지요 티끌보다 작은 이 초록 별 혀들의
사생결단 버라이어티쇼, 관전 포인트는 어떤 혀가 피가 빨
리 끓어 머리 뚜껑 열고 먼저 떨어지나입니다

봄날 콘셉트

벗꽃은 신상 종교
교주 알현하려는 사람들이
꽃 아래 법석에 모여 야단이다
손 올리고 탄성 지르며
통성기도 하는 신도들에게
하르르한 손 흔드는 교주 밑

상큼한 여인 앞을
젊은 남자가 유모차 밀며 지나간다
꽃 대신 여인 눈에 담고 설렁거리다가
마침 보도블록에 걸려
엎드러지는 빤한 클리셰

봄날은
엉큼한 저 눈도 꽃이다
이런 말씀은
교주가 알아서 내려 줘야 한다
각본상, 이래야 봄날에 맞다

어쨌든 시방 산책길은
다 피었다 누구나 꽃이다

오래 묵으면

해남 윤씨 고택 앞 노송들은
속내 비추는 체경 들고 서서
발아래 통독하는 선비인 게 틀림없다

아랫것들 반상을 뚜렷이 분별하고
우듬지마다 커다란 쥘부채를 들었다
연동 너른 들 순시하는 나무 밑
마음 급한 조무래기들이
굴신 허리와 다리오금 꺾고
수령 몇백 년에나 관심 두는 한 철

갑골 모양으로 갈라진 수피는
수백 년 비밀을 기록한 서책이다
해독하지 못하는 책장 펼쳐
한 말씀 받들어 적어 볼까 하는데

아랫녘 일은 아래서 수거하라 하고는
뒷짐 지고 건넛산 구름 바라보다
뻐꾸기 울음 속 흰 수염 날리며
회오리바람 지질러 타고 난다
날아간다 구만리 창천 붕새가 되어

그냥 1

언제나 생각보다 먼저
선수 치는 게 그냥이다
사리나 상식에 맞지 않아도
그냥은 앞뒤 없이 곧바로 직행한다
이유 몰라 난감한데도 이유는 뒷전
어떤 조건도 이유도 뜻도 없다

그냥 가슴 저미고 그냥 눈물 나고
그냥 화나고 그냥 치민다는데
그냥 버리고 떠나 버리는데
아무리 말려도 막무가내 뒹구는데
어찌 대거리해 볼 도리 없으니
왜 그냥인지 알고 싶은 사람이
알아서 알아내야 할 뿐
알고 싶은 이가
직접 그 순간을 파고 들어가
감정을 공부하고 이성을 분석하고
세분하여 마음 연구도 해야 한다

그냥은 아주 힘이 세다

그냥과 싸우기 위해

모든 교회가 있고 성당을 공들여 짓고

부처는 나무 아래 가부좌 틀었다

어떻게든 조금이라도 이겨 보기 위해

경전이 있고 논법이 있고 법이 있다

그냥은 무섭고 강하여 살아남았고

지금껏 이것과 대척한 것이 철학사다

앞으로도 절대 사라지지 않을 불사조

그냥은 통제 불가능, 대책 없어 위험하다

목련 꽃망울 벌어지는데

보고 싶다, 그냥 오로지

칠월

시영아파트 앞 정자 지나가면
할머니들은 할머니들끼리
초원 풀숲에 엎드린 암사자들같이
긁적이다 하품하다 핥다가 구름 보다가

정자 지나 단풍나무 아래
모조리 혼자 벌여 앉은 할아버지들
또각또각 발걸음 소리 따라 눈 굴리다
시르죽은 수사자처럼 어깨 늘어뜨리고
먼 산 보다 부채 휘젓다 트로트 듣다가

삼 년 전에도 지난봄에도
시니어는 본래 이래야 된다는 듯
할머니들 할머니들끼리 모이고
할아버지들 모두 홀로 뚝뚝

아니, 그런데 무슨 조화인가
할머니들 속 할아버지들 섞여
할아버지들 할아버지들끼리 모여
힐스테이트도 롯데타워도 넘는 웃음소리

케냐 마사이마라 초원으로 날아가는 듯

알았다 이건 분명
그린란드 빙하가 6조 톤 녹아 없어지고
남극 보스토크 기지 겨울 평균 기온이
영하 60도에서 20도 가까이 떨어지고
모스크바 여름날이 34도까지 오르고
사하라사막에 눈 쌓이게 하는 큰손 개입이다
희망봉에서 북극 스발바르제도까지
시영아파트에서 남극 사우스셰틀랜드제도까지
기상레이더로는 잡을 수 없는
온난화가 공원 정자에 들이닥친 거다

왜

달빛 찬란한데 웬 울음소리 들린다 터진 봉지처럼 쏟아지기 시작한다

어느새 나는 고물가게 뒤 자취방에 누워 있다 수학여행 가지 못한 날 시절이 수상하여 산으로 들어간 한 방외인의 설화 읽다가 옥상에 오른다 손가락으로 달 호선에 동해 바다를 잇는다 수학여행비는 휴가 나온 일등병 용돈으로 날아갔고 설화는 해피 엔드다

가정방문하는 날 에이스 크래커 담은 쟁반에 벚꽃이 날아들었다 환타 병에 달빛이 미끄러져 내렸다 담임은 끝내 가난한 자취방에 오지 않았다

왜 여행에 불참했는지 말해라 달에게 말한 이유 말하고 싶지 않은 이유 말할 수 없는 이유는 동댕이쳐졌다 반 전체 앞에서 고꾸라졌다 검불처럼 바스락거리다 밟히었다 일어서면 꺾고 뽑히고 이유는 일백 번 죽고 고쳐 죽었다

통곡하여도 왜 그러는지 이유 묻지 않는다 왜냐 묻지 않을 것이다 아직 알지 않을 것이다 가정방문한 커다란 달은 넓고 관대하다 오래오래 달래 주고 기다려 주는 달은 있다

사사하다

　앞뜰에는 지난 사 년 동안 모신 스승 한 분 계신다 일찍이 밥상머리 교육 못 받고 객지로 떠돈 나를 스승은 날마다 몸소 가르치셨다 엄마도 지도교수도 알지 못한 디테일들, 일테면 밥은 어떤 자세로 모셔야 하는지 남에게 어떻게 받고 줘야 하는지 언제 숟가락 놓고 일어서는지 제 자식 어떻게 돌봐야 하는지 언제 내보내고 얼마큼 거리 둬야 하나 찬찬히 이르셨다 잠자다 바로 벌떡 일어나고 일어나도 다시 곧바로 잘 수 있는 몸 시스템도 만들어 주셨다 스승님 사사한 나는 심신이 완전히 새로워졌다

　　지금은 성찬 드신 스승님께서
　　앞발로 이마 귀 옆구리 그루밍하고
　　풀밭 침대에서 주무시는 시간
　　밥 남은 도자기 그릇 조용히 닦는다
　　배울 것 많아 내 하산은 아직 멀었다

　　당근과 닭 안심 넣어 스프 만들고
　　통살 오리 간식 그릇에 담는다
　　오늘은 네 번째 맞는
　　스승의 날이다

가벼운 존재

일주일에 한 번 관객 한 명에게
팔 년째 모노드라마 펼친다
블로킹 라인 긋고 대역 없이
침 튀기며 격정적 대사 쏟아도
늘 반개한 눈과 침묵
면벽하는 이 관객은
아주 고요한 반가사유상
어떤 대사로도 움직일 수 없다

독감 유행 당분간 방문 제한
메시지가 날아왔다

가마 꼭지로 솟구치는 전율
빗장뼈 위로 팡, 핀 조명이 터진다
머리는 무한 럭스로 켜지고
발가락 끝까지 자릿자릿
보도 위 가무퇴퇴한 낙엽들이
총천연색으로 떠다닌다
순간 가시거리는 이십 킬로미터
삼각산 백운대 바위도 보이는 듯

아직 꽃망울 맺지 않은
홍매화도 산수유도 활짝 핀 듯
메뉴도 수직 실크 원피스도
목련나무 위에서 절실하게 너울거린다

요양원 대사는 단 몇 음절로도
혁명하는 초 초능력자다

공정 불공정

'공정', 얼마나 올바른 말인가
무역 문학 인사 가족 시민 여행
이것 앞에 공정이 붙으면
정말 바르고 아름다운 만사가 될 것이다
사랑 학교 사회 회사 정치 나라
이 말 앞에도 공정 내세우면
모든 불공정은 없어지고
기막히게 옳은 세상 펼쳐질 것만 같다

내 앞에 공정을 붙이면 어떠할까
오늘 아침 초파리 두 마리가
깎아 놓은 사과 위에서 그만 졸하였다
길고양이 밥그릇으로 기어가던
개미 넷과 민달팽이는 즉시 수장되고
사료 훔치던 비둘기 둘은 물벼락 맞았다
날마다 길고양이 밥 주는
자비로운 오른손이 가름한 생사다

엄마보다 고양이 밥이 더 중한 나는
분별심으로 똘똘 뭉쳤다

오른쪽 팔다리는 늘 왼쪽 구박하고
눈은 여태껏 몸 곳곳 차별하였다
안이비설신의 모두 불공정하였으므로
내게 공정은 불공정으로 친친 감겼다

자고 일어나 보니
갑자기 유명해진 단어 공정은
따져 보면 수많은 단어 속
홀로 스포트라이트 받아
공정 또한 불공정 반열에 올랐다
지금은 '공정' 리즈 시절
아무리 공정이어도 불공정이다

싱크홀

강남 봉은사로에서 강북 마곡동에서
후쿠오카 하카타역에서 베이징에서
갑자기 발밑이 꺼져
학자들이 머리 맞대고 까닭 찾지만
매미들이 많지 않아서라는 걸 몰라서다

보스니아에서 캐나다 퀘벡에서도
멕시코 게레로에서 과테말라시티에서도
느닷없이 땅이 꺼져
버스와 나무가 빨려 들어간 것도
십만 대열 이룬 매미가 그곳에 없어서다

한밤이건 꼭두새벽이건
섭씨 38도 뙤약볕 지열 60도에도
불꽃 튀기며 쇠 다루는
매미들이 부족하기 때문이다
취모검으로 가를 수 없고
금강석으로도 깨뜨릴 수 없는 쇠막대를
공중에서 내리꽂는 매미 떼가
거기 살지 않아서다

일이 너무 많아 시름하며 한숨 쉬어도
내 방 아래는 절대 싱크홀 안 생기는 것은
비계기둥 없는 나무 벼랑에서
벽 타고 지하 수십 미터까지
무너지지 않게 쇠기둥 박는
매미 군단이 포진하였기 때문이다

그냥 2

이분법은 최악인 줄 알았다

이분법이 전선을 달리하기 시작한다 커피랑 곁들이는 후식 케이크처럼 달콤해진다

좋다 안 좋다 맛있다 맛없다 이리 말해도 되던 때가 있었다 어떻게 좋은지 얼마나 좋은지 어떻게 맛있는지 속속들이 말하지 않아도 되는 사람이 있었다

실시간 기분을 절개하고 핀셋으로 꽂아 약물 처리하고 자음과 모음 속 감정 샅샅이 배열하고 글자 뒤 기호와 이모티콘까지 다 읽고 보여 주는 동안 감정과 기분은 달아나 절대 돌아오지 않았다

어떻게 좋은지 말하지 않았어도 눈 마주쳐 싱긋 웃고 나면 직통하고 따끈한 기분 종이 봉지에 담아 집으로 돌아오던 때가

그냥 좋다, 이 말이면 단말기에 가만 카드 읽히듯 마음에 그 사람이 바로 입장하여 가득해지는 그런 때가 있었다

절로 저절로

아침내 전화기 찾았네, 딸이 용돈 줬는디 워디 뒀을까,
약 먹고 잊어불고 또 먹고, 나이도 주소도 다 까먹어 배불
러 죽겄네요, 가끔 집골목도 몰라 여기가 저기 세상 같소,
옛날에는 참말로 어떻게 살았능가

　　남편에게 덜 맞은 사람일수록
　　윗사람 대접 받는 정자에서
　　할머니들이 토닥거린다
　　내가 더 생각 안 난다고
　　내가 더 잘 잊어버린다고

　　깊은 산속 들어가
　　머리 비우지 않아도
　　어려운 가부좌 틀고 앉아
　　면벽하지 않아도
　　할머니들 저절로 무념무상
　　모두 무아 경지 올랐다

방랑자들

속하기 위해 떠돌고
속하기 않기 위해 떠도는 것
둘 무게는 같을까 아닐까
당신은 그때 이렇게 물었다
하늘 향해 뻗은 나뭇가지는
땅속으로 뻗은 뿌리다
앞코에 붙은 은행잎 떼며
나는 당신에게 이렇게 말했을 것이다

트란실바니아알프스 아래 천막에서
바이올린 켜 피를 데우는 집시들이나
티베트고원 토굴에서 명상하는 노승들처럼
떠돌거나 정좌한 사람들이나
허파꽈리 지나든 부레 지나든
유목민이든 정주민이든
기다리는 것이나 도망치는 것이나
모두 같은 중량으로 여기 있었다
이렇게 덧붙이려던 말들이 부유하는
이 도시는 무표정이 필수이다

우린 여기에서 성별을 버리고 살아남았다
중성 시대를 떠돌다
결국 우리가 착륙한 곳은
공중으로 올라간 댄스홀들
보드라운 손 위를 스치는 늙은 손들이
가장 원초적으로 활짝 웃다가
다시 무표정으로 귀가하는 저녁

자유를 얻은 이들과 자유를 찾는 이들이
다시 속하기 위해 속하지 않기 위해
끝없이 돌아가는 이곳이 가라앉지 않는 것은
같은 밀도이기 때문일까
당신이 이렇게 물었을 때는
나는 이미 배낭 꾸려 초원으로 떠났을 거다

제2부 나팔꽃 통신

봄꽃 성분

매화 꽃비 퍼붓던 날
돼지들 첩첩 생매장되었지요
정말 귀하다는 청벚꽃
산사에 피었다 소식 올 때
개 공장에서 새끼만 낳던
어미 기계들이 소각되었고요
서해 끝 백만 송이 튤립 태어나고
장미꽃 내 심장까지 쳐들어온 날은
먼 나라 아이들 무더기
지중해 감푼 너울에 싹 쓸리었지요

꽃구경 가자 재촉하셨지만
귀가 너무 밝아
따라나서지 못하였어요
천지 분간 모르고
마냥 피어나는 꽃들 모두
성분은 절규였으니까요

봄밤

조팝꽃 나무 아래 숨어 길고양이 새끼가 울고 있었다
조팝꽃만 낮 내내 야린 몸 기척 하고 지나갔다
다음 날에도 어미는 나타나지 않았다

다가가도 달아날 수 없는 상심
아기 고양이는 그 자리에서 사그라들 것 같았다

가장 작게 말고 우는 몸 가까이 서성거릴 때
애써 잊었던 울음소리가 섞여 들렸다

탱자꽃 지는 고향집 마당에
병 수발하는 사람 홀로 세워 두고 내빼던 날
차 앞문에 동강, 잘리던 소리였다

소리가 점점 커졌지만 볼륨 줄이는 법 알 수 없었다
끝끝내는 아주 몰라서
절대 귀잠에 빠지지 말아야 할 것 같았다

어느 날 문득

숲으로 벌채하러 가던 한 부족은 1마일 밖에서도 나무들 신음 소리 들었다 한다 동족 등허리 찍으며 흐느끼던 도끼 자루의 울음도 앞마당까지 따라왔다 한다

어느 부족이 들었다는 신음 소리를 듣는다 어리고 붉누른 이것들 본향은 아메리카 고원 인디언 마을 머나먼 대양 너머 강제 이주의 기억 몽친 것들이 내 손안에 웅크리고 목이 멘다 핏물 흐르고 살가죽 벗겨진 몸 달싹이며 목울음 틀어막는다

찌고 튀기고 말리고 저미고 도막 내고 가루내기하고 코도 귀도 뒤꿈치도 도리고 주리 틀고 구중 가스실에 맥반석 위에 불구덩이에 유배되어 참살로 오살로 능지처참으로 부관참시로도 도대체 끝날 수 없는 무한 리필의 환란 형장에서

날마다 수만 생명 작살내는 고문 기술자의 양손 아래 피울음 생살들이 햇볕 빗물 조금 축낸 대역 죄인들이 엎드려 바들거린다 읍소한다 통곡재배한다

둥근 혀가 떴습니다

기름지고 과감한 혀 하나가
어제 이 행성의 반을 공략했어요
난민 지구에 터진 폭탄보다 강력하였죠
혀 아래 모여든 수많은 이들이
손 높이 들고 통성명하네요
둥글게 구부러지는 어떤 혀는
아무런 의심 없이 따르는
백만 영혼을 지하실에 유기하였어요

달콤하고 다정한 혀는
단단하고 질긴 일주일도 삼 년도
사정없이 무두질하여 내놓죠
화려한 내일 가져오는 혀 때문에
불안 잊고 달리고 잠들고 꿈꾸어요
서쪽에서 도래한 혀에게
남방에서 북상한 혀에게
오늘을 맡기고 내일을 미리 살죠

혀 아래 작은 혀들도 자가발전하네요
휴식 없이 눈부시게 반짝거려요

보드랍고 윤기 나는 말에 감겨 본 이들은
돌아가야 할 곳 잊거나 버리지요
동굴에 처박고 깊은 숲에 가두고 늪으로 던져도
혀의 뜻대로 끝없이 인종하며 기다리죠

황금 신전에 앉은 혀가 세습 선포합니다
혀를 숭배하는 인파는 날마다
대양의 물결보다 더 가팔라집니다
자고 일어나면 새롭게 발광하는 항성
오늘도 찬란한 혀가 높이 떴습니다

손독 1

정류장 앞 노점에 가지런히 놓인
애호박 출처를 잘 안다
호박은 식솔 같은 줄기 끌고
산책길 너머 경고문 아래를 기어
첩첩 철망 타고 넘었다
경작 말라 철거한다 을러메면
바닥보다 깊이 내려가 바닥 덮고 누웠다
손대고 단속하는 무례를 피하여
사람 손 타지 않는 곳에 꼭꼭 숨었다

내려가고 기어간 것은
집도 절도 없는 곳 일부러 찾아간 것
한계선 끝까지 다다르면
다시 기어 올라가 아슬아슬
유기농 새끼들을 공중에 놓았다

사람들 손길이 미치면
비리비리하거나 놀놀해지는 것
사람 손을 타면 반드시
약해지니 물러지니 점점 나빠지니

이곳은 불법 경작지이므로 철거하겠다
경고문 붙인 쇠 그물 너머로
덩굴손 벋쳐 자꾸 올라가야 한다

내 새끼 내놓아라 내 새끼 살려 내라
뒹굴고 가슴 치며 넋 놓아도
무장 사라지는 열매들
절규하지 않으려면
자꾸 위로 올려야 산다
공중 붙잡고 공중에다
속속 열매를 낳아 감춰야 한다
누구든 손대지 못하게
절대로 아무 손 타지 못하게

손독 2

손바닥을 들여다본다
낮에 같이 놀았던 강아지가
까닭 없이 잘못된 건
예쁘다 너무 만진 이 손 탓이다
여린 이파리처럼 무해할 것 같은데
벋어 나간 퍼런 혈맥 속
치사량의 독성 물질이 흐른다는 말일까

그간 내 손은 악명이 높았다
손만 닿으면 가구도 제품도 다 망가졌다
춘란도 선인장도 알로카시아도 그렇다
물까치 떼거리 말고는
길고양이도 박새도 천변 백로도
손 내밀기 전 초속 백 미터로 달아났다
제비꽃도 장미꽃도 내 손 보면
총알개미에게 쏀 것처럼 비명 질렀을 것이다
흰말채나무도 좀작살나무도 배롱나무도
킹코브라나 데스스토커 전갈에게 물린 것처럼
파들거리며 후사 부탁하고 혼절했으려나

무해무독하다 여긴 내 손은
가공할 만한 비밀 매장지였을까
살해한 생명들 발굴하여 쌓으면
이집트 쿠푸 왕 피라미드보다 높을 텐데

치명적 맹독이 어디 스칠지 손만이 알아
꼬리 흔들어 경고하는 방울뱀처럼
손에 장치 달아 소리 내고
손끝에 위령탑 세워 머리 조아려야 하려나

위대한 공존

인적 드문 거리를 걷는다
한때 지극한 관리 품종이었다가
비명횡사한 꽃들은 어디 버려졌을까
바이러스는 소박한 동반마저
살상용 병기로 만들었다

홀로 몸 푸는 수수꽃다리 가지를 당긴다
파스텔 구름 속으로 번지는 꽃잎들
백악기를 건너온 위대한 나무 아래 서서
살해당한 꽃들을 불러낸다

역병 퍼진 첨단 도시의 외진 섬
격식 있게 횡렬로 눕힌 시신들 옆에
갈아엎은 유채꽃들 순장해 준다
삼선 당선 구호에 목련 마스크를 씌운다
정면 돌파 연호에 벚꽃 스카프 둘러 주고
집단 해고 철회 무릎에 튤립 얹는다

출근할 때 1호선 한번 타 봐요
차라리 제비꽃이나 길고양이에게 기부하겠어요

이렇게 살아남은 것들은
천진한 눈망울들 데리고 나와
봄꽃 안팎 쓸쓸한 곳 아슬랑거리며
구겨진 내부를 그루밍해 줬을 것이다

언제나 생태계 교란 종은
돼지풀이나 환삼덩굴 가시박이 아니었다
큰입배스 꽃매미나 붉은귀거북도 아니었다
호모 사피엔스의 거대한 손과 발이었다

놀이

낮고 축축한 이 풀밭에서
누가 행운을 찾으려고 한 걸까
세 잎 토끼풀 동네가 초토화되었다
이파리 뜯기고 목 뽑힌 곳
풀꽃 팔찌 풀꽃 목걸이가 나뒹군다
핏물 엉긴 꽃술 짓이겨진 꽃대
꽃자루와 줄기는 가리가리 찢기었다
튄 살점 뒤쓰고 비명 지르는
살아남은 풀꽃들의 공포 속
제명 못 누린 것들 부패가 시작되었다
차라리 몰살해 버리지
군데군데 살아 있어 더 비극적이다
배롱나무가 파르르 떨며
한쪽으로 몰아준 횡사에 안도한다
미리 조등 내건 능소화 사이
흰나비 둘 살육 현장 빠져나간다
마구 터지는 백린탄 노을 아래
그래도 산목숨은 살아야 한다
터진 살점들 모아 묻고
낡은 식탁보에 밥 차리는 먼 동네

풀꽃들 깊고 커다란 눈동자에
대책 없이 조문 온 저녁샛별 떴다

불치병

외과의는 무조건 걸으라 말했다
비골 신경 문제라는 한의사도
앉지 말고 늘 걸어야 한다 처방했다
정강이뼈에서 흔들리는 침들이
삼천 년 만에 핀다는 우담발라꽃 같았다
그 꽃 무슨 색일까 생각하면서
입은 나도 모르게
비골의 '비' 자 뜻 묻고 있었다
염천 천돌 구미도 활시위에 메기고
머릿속 마구 헤집고 다니던
삼음교 음릉천 족태음비경도 쏘았다

'선다 산다'는 동의어다
병실에서 각성은 한 달 가고
스스로 내린 처방은 눕거나 앉기였다
신경 다발 손상되고 마비되어도
책상다리하고 혈 자리 검색했다
질문은 넓고 무거워져
걸을 틈 없이 온달이 사라졌다
스크럼 짠 것들이

온몸 과녁 명중하기 시작했을 때는
이것들이 겨냥한 자리
들여다보고 찾느라 일 년이 사라졌다

오른손

꼬리 잘리고 갈빗대 불거진 길고양이가 집 앞을 돌아다 녔다

구석진 벽 아래 물과 사료 놓았다 장맛비에 길 사라져도 밥그릇 깨지고 치워져도 밥줄은 끊지 않기로 했다

명자꽃 지고 망초꽃 환히 길 밝힐 때 일회용 그릇을 도자 기로 바꾸었다 방수 집과 꽃방석도 제공했다

이때쯤 고양이는 간식 골라 먹었다 펀치 날리고 손등도 할퀴었다

납작 엎드리진 못해도 보드라운 눈빛이나 상납해 다오 줄인 밥으로 때 늦춘 밥으로 오른손이 하는 일 가르쳐 주 기로 했다

낮결 지나 고양이는 무엇 찾아 한길 내달렸을까 납작해진 몸 위 배롱나무 꽃들이 뿌려지고 있었다

때 늦춘 밥은 유품이었다

지네 한 척

펜션 거실에 왕지네가 나타났다 진갈색 다리 저으며 우아하게 미끄러졌다 잔잔한 물결 위 순항하는 돛배 같았다 점점 금지된 수심 건너오고 있었다 물살 험한 너울에서 급히 이물 돌리다 지네는 이내 산산이 난파되었다

지네는 금슬 좋아 암수 같이 다닌다는데 맞아 죽은 쪽은 남편일까 아내일까 항간 말대로라면 곧 짝 찾으러 나온 다른 지네가 보일 것 선잠 깬 이른 아침 정말 식탁 아래 가는 줄이 꼬물거렸다 아기 지네 한 마리, 간밤 변기에 수장된 쪽은 엄마였다 깨끗한 곳에서만 산다는 지네는 징그러운 외모가 최강 무기, 제 집 침입한 이에게 소름 돋는 얼굴 한번 내보였다가 어미는 참살당한 것

엄마 잃은 저 아기는 혼자 피바다 너울 어떻게 건너갈까 몸 한가운데 물이랑 가팔라지던 그때 활짝, 아주 작은 돛이 펴졌다 파죽지세, 커다란 함선처럼 조금도 흐트러지지 않은 아기 배 한 척이 원수 발을 향해 진군하였다

다시 파리채로 연한 갑판 부쉈다면 순순히 퇴각하지 않았다면 가장 졸렬한 패잔병으로 나는 병법서에 길이 기록되었으리라

축생도

속보가 떴다
거대한 수면이 식탁을 덮쳤다
밥 두 숟가락 넘길 때였다

몸서리치고 있었다
휘감겨 소용돌이 일었다
빠져나오지 못하고 이물이 먹히었다
남은 뱃고물이 직각으로
내 정수리에 꽂혔다

일곱 번째 숟가락 뒤였다
아무것도 없었다

밥이 넘어갔다 밥맛도 있었다

그때 알았다
몸 곳곳 차지한
짐승들 밥 먹이느라
쪽잠 자고
꼭두새벽 일어나
출근길 내달렸다는 걸

나팔꽃 통신

초록 사다리 계단은 전봇대 줄 위로 올라갔어요 스카이 라인에 닿으면 친구 콜리와 공중 성곽에 앉아 티끌만큼 불어난 후손을 바라보겠어요 야곱도 당금아기도 제 사다리 카피하여 하늘까지 닿았죠 바삐 걷는 사람들 가슴에도 계단은 늘 자라지요

소아과 밑 왕소금구이 집 옆 모퉁이 카페 야곱 앞이 제 거처예요 단짝 콜리는 의자에 목이 묶여 있었죠 다이어트 중이니 음식 주지 마세요 이 문구 등지고 가여운 눈빛으로 간식 후렸어요 콜리는 개로 환생하지 않는 꿈꾸었죠 사람도 민달팽이도 고양이도 은행나무도 저도 목록에 넣어 알려 줬지만 고개 저었어요 콜리는 분명 다시 개로 태어날 거예요

금 간 화분 옆으로 다가간 날이었어요 일은 이미 벌어졌어요 136번지 집집마다 제 손바닥 네 개만 한 붉은색 딱지가 붙었는데요 출입 금지가 붙기 전 제 친구도 데려가요 컹컹, 콜리 눈빛 읽었다면 뚜뚜 따따따, 여기 있어요 제 소리 들었다면 이삿짐 안 행운목 옆에서 우리 둘은 졸고 있겠죠

소리와 냄새가 떠난 골목은 성대 잃은 콜리예요 빈 곳에 제 집음기 달아 채집한 소리를 풀어요 골목은 금방 우거지

겠죠 이제 깨진 창 앞 시든 깻잎에게 다가갑니다 내일은 어린 살구나무의 뜨거운 머리를 짚어 주겠어요 한길 너머 둥근잎나팔꽃 소식이 끊긴 건 아쉬워요 새들은 다시 제 머리 위에서 노래하지 않겠지요

네 번째 폐업이라 말한 카페 주인은 다리 내려앉은 의자와 철 지난 털신을 제게 주고 갔죠 어느 모퉁이에 다시 카페 야곱을 열고 하늘로 사다리 놓겠지요 카페 나팔꽃이면 더 쉬울 텐데요 어쨌든 갈 곳이 있다면 아직 아름다운 때지요

큰 소리로 또 나팔 불어야 해요 지난밤 털신 관에 누워 일어나지 않는 생쥐에게 닿을 때까지만요 주인 잃은 집도 밥 찾는 어미 쥐도 엄마 없는 개미도 뱃가죽 붙은 고양이도 달개비도 손 모으고 고개 숙이네요 생쥐는 어떤 꿈을 꾸다 여기를 건넜을까요

세입자는 여기서 죽는다 이주 대책 제시하라 쓴 플래카드가 통곡하듯 벽을 치는 저녁이에요 마지막까지 여기 남는 것은 우리들이죠 쥐눈이콩처럼 씨앗들이 또록또록 눈뜨는 날들이네요 아득하여도 지나면 눈 깜박할 시간이죠 저

는 다시 저를 꿈꾸어요 셀 수 없는 제 사다리는 철거될 수
없는 존엄이에요

백오십구

  천 년도 끄떡없었는데 이따 보자 여기야 파들거렸는데
소낙비도 우박도 없는 시퍼런 하늘 무작스레 바람 휘몰아
쳐 아주, 뚝, 앞뒤 위아래 옆도 없이 잎들이 나는 간다 말
도 없이

  비탈 거기 그 자리 그 시각 10초 1초, 아니 0.00001초 사
이, 고개 한 번 못 돌리고 손가락 하나 못 굽히고 한 발짝도
못 옮기고 한날한시 그대로 떨어진 잎들

  온 천지 유일한 잎이 모 씨 모 씨 아무개 잎들로 어느
ㄱ슬 이른 ㅂ르매 이에 저에 去奴隱處毛冬乎丁가논* 곳 몰
라 가 버렸는데 사라졌는데 무간도인들 해탈도인들 어딘
지 몰라

  2
  유세차 임인 시월 이십구 일 임인삭 을묘 초오일 유환 감
소고우 상천일월성신 후토 명산 신령전으으 지성으로 비
나이다

  ……백오십팔 백오십구 이 밝은 대명천지 너무 어두운 여

기 천길만길 벼랑이어도 유사강이어도 피바다 너울이어도

네게내가네가내게쟤가걔에게걔가그에게서로에게   환히
비치어 살고 내가있어네가있어쟤가있어걔가있어 살았으니

삼십삼천 아래 주병 포과 청작 존헌 진혼 상향

＊「제망매가」.

제3부 아무르 호랑이

돌에게

돌은 꽃도 새도 사람인 적도 있었다

잠자는 돌 가슴에 카네이션 얹는다 움찔하는 돌 오늘은 여기까지다 돌 콧줄에 묽은 주스를 붓고 귀 댄다 하품하는 돌 생각날까 오늘은 여기까지다

피어나는 돌 날갯짓하는 돌 마루청 닦는 돌 밥 안치는 돌 웃는 돌 비명 지르는 돌 제발 죽여 달라는 돌 퉁퉁 부어 알아볼 수 없는 돌 말을 잃은 돌

돌 발톱을 다듬는다 명상하는 돌 기억을 붓는다 생각날까 숲에 옮겨심기 못 한 돌 구르지 못하는 돌 바스러지는 돌

톡 톡 말을 떨어뜨린다 들었을까 힐스테이트포레 거실에 도착했을 때 언제 따라왔을까 돌이 구르기 시작한다 온몸 굴러다닌다 내가 돌이 될 때까지 구를 것이다 여기까지다

헌 둥 만 둥

오매 못쓰것다 진해야아
다 숭봐야 이러고 나가며언

엄마랑 대공원 꽃구경 갈 때
마사지하고 화장해 드렸는데

헌 둥 만 둥 해 주라아
저 연헌 꽃철로*

난생처음 홍매화처럼 새뜻한데
봄날 누가 흉본다고

온 천지 겹겹 꽃 사태인데
사람 구경만 실컷 했다는 엄마
뒤로는 꽃구경 가지 못하고

호숫가 꽃길 사람사태 났다
하늘까지 촘촘 덮은
연분홍 꽃들 바라다보니
깨끼 한복 입은 엄마다

가신 곳 적적하여
사람 구경 나왔나

한 듯 만 듯
연하게 화장한 꽃들이
안 그래도 무른 내 속을
그예 뒤집어 쌓는다

* ─철로: 처럼.

순은 모스 부호

눈썹달 아래 어둠별 빛난다 저 별 855번지 야생화 둘러보고 왔을까 중절모자처럼 뜬 구름 속에 두메양귀비 분홍바늘꽃 두메자운 하늘거린다

저 별 둔황 명사산도 지나왔을까 월아천 낙타 그림자 모래에 스미면 자, 한 잔 받게 발렌타인 30년, 대작하는 누란의 미녀도 취하여 천등산 봄날은 가고

깐깐오월이네 감자꽃 피었네 깜박, 옥수수 여물어 수염 거뭇하네 깜박, 여긴 중복에도 긴소매라네 백로는 산허리 베고 날아가는 게 아니라 하늘 자락 시치며 날아간다네

파타고니아보다도 아득하고 셰틀랜드제도보다도 멀어 다녀오지 못한 855번지

전원은 이미 꺼져, 음성 사서함으로 연결되며 삐, 오후 12:35 취소된 통화 전원이 꺼져 있어, 오후 12:38 취소된 전원이 꺼져 오후 12:39 취소된 오후 12:40 전원이 취소 오후 20:32 취소…… 발신할 수 없어도 발신할 수밖에 없는 신호 54731305

이별은 무람없어 저돌적인 것 내일보다 먼저 도착하여
어긋나는 것

까까머리처럼 동자승처럼 반드러운 어둠별 176번지 메타
세쿼이아 가지에 비끼어 보이지 않는다 어쩔거나 찾아 내닫
는데 속손톱만큼 두메양귀비만큼 알요강만큼 커지는 어둠
별 무량광천에 박혀 반짝이는 전언들 실시간 송신하고 있다

구원

통조림 간식 담아 주면
큰 덩어리 한입 물고 갑자기
담장 너머 사라진 뒷모습 기억한다
닭 가슴살 주면 멸치 간식 던지면
봉지에 담듯 입 오므려 몇 번이고
화살나무 아래 기울어지던 발걸음 기억한다

척추관 협착증으로 허물어진 허리처럼
골다공증 앓는 다리처럼 우그러들며
낡은 가방 같은 입에 남은 것 쓸어 넣고
풀숲으로 스며들던 가파른 등을 기억한다
새끼들 얼굴을 목덜미를 똥꼬를
혀가 빠지게 핥고도 멈추지 않는
어미의 징그러운 모성을
나는 가슴 저리게 기억한다

칼잠도 험한 곳마다 숨겼다가
환한 덩굴장미 아래 데리고 나온
아기 길고양이는 세 마리였다
새끼들은 그렇게 저 새끼를 낳았다

아이 다섯 그렇게 기른 고모가 떠났다
중앙시장 골목집 쪽방만 한 마당 건너다
너무 많이 쓴 다리가 걸리었다
아무도 안 와 보는 데서 올 스톱되었다
큰대자로 누워 단잠 자 보는 꿈 이루고
마침내 어미 자격에서 탈락하였다

섀도복싱

라스트 라운드 종이 울렸다
로프에 상체 기댄 라이트급 파이터, 그는
깊은 숨 내쉰 뒤 상대를 노려보았다

무조건 지는 게임이다 다들 말했지만
기적은 달빛처럼 공평하므로
관중 예의는 그의 승리를 믿는 것
한 방이면 백전노장도 그로기 상태
두 방에 전설의 핵주먹 터져
기권승 끌어낼지는 알 수 없는 일
부두술사처럼 강력한 독침 쏘아
주먹 역사 새로 쓸지는 아무도 모를 일

3분이면 대협곡이 옥토 되고
평원이 백두대간 줄기로 솟고도 남을 시간
3분이면 오래전 멸망한 부족이
다시 모여 새 제국으로 흥성할 충분한 시간
휘두르면서 더 강하게 리부팅 하는
그의 의지를 진압할 약은 없었다

잽 잽 전력 어퍼컷 레프트 훅
난타 2분 58초, 회광반조 뒤
피 칠갑 그의 몸이 솟구쳤다
요란한 조종 소리도 퍼졌다
링에 누운 그는 여전히 공격 자세
링 사수의 꿈은 분명하게 이루었다

땡, 라스트 라운드 종이 울린다
링에 선 미들급 파이터 하나
마우스피스 물고 가드를 올린다
딱 3분이다

아무르 호랑이

호랑이는 포악한 성채 저 백두산 호랑이 어쩌다 민가 헛간에 떨어졌나 갇히면 징징대는 고양이일 뿐 무너지는 오막살이집일 뿐 마취 총 맞은 호랑이 한 채 아무르 강 너머 돌아가네 벌목 한창인 시베리아 숲에 부려졌다네

마취 깬 집이 두리번거리네 다시 어리어리 잠들었다 일어나 없는 아내 부르네 없는 대문 넘고 없는 꽃들 그득한 화단 둘러보네 뒷다리 힘 싣고 앞발 들어 없는 벽 기대네 마루 짚어 안방 문고리 잡아당기네 없고도 없는 문 열며 하염없네

숲이 타네 그새 호랑이 집채에도 불붙었네 흔들리는 지붕 등뼈에 받치고 오그라드는 발톱이 자작나무 흰 벽 긁네 장딴지로 오금으로 옮긴 불 고관절이 타네 복사뼈 무너지고 눈썹 빠지고 링거 줄 꽂은 팔도 피멍도 이미 불이네 뱃가죽도 서까래도 마룻대도 이글이글 등으로 대들보로 걷잡을 수 없는 불길 흰하네

막무가내 집으로만 가려 하던 집 한 채, 다 타 버리네 아무르 호랑이, 우뚝 솟았던 백두산 저 성채 한 시간 십 분이나 타오르네 모두 엎드려라 뒤흔들지 못하고 어흥, 내 말만

따르라 포악하게 소리치지 못하고 벌써 식어 재가 되었네
먼지네 배신이네 반역이네

옹당이 웅덩이

지하철역 1번 출구 70미터
홈너싱요양센터 세 겹 문 속에는
작은 옹당이들이 모여 있었네

문 열릴 때마다 일제히
잠가 놓은 출구 향해 반 우향우
곧 마를 옹당이들
엉덩이 아래 매달고
저마다 찰박거리며 운신하였네

지하철역 2번 출구
문밖 나와도 모두 웅덩이들
불야성 이룬 먹자골목에서
존엄한 술잔
높이 들고 환호할 때마다
엉덩이 아래
깊은 웅덩이들이 출렁거렸네

마를 일 없을 것 같은
검푸른 바닥 아직 멀었고
물은 아주 충분하게 보였다네

돌아오다

아스라이 고공비행하는
비행기구름 보고 있으면
병실 떠돌던
그 소리 같다

제바알, 집에에 조옴, 델다아 주라아—

끝내 귀가하지 못하고
중천 긋는 유품 하나가
복장뼈에 내려
돋을새김된다

내림내림

무말랭이 맛있네 하면, 옛날 춘궁기부터 대흉년 울력 새
참부터 산밭 개간해 모종이야 거름이야 떼기밭부터 무꽃 피
고 나비 몰려들고 무청 청청한 무들 토방에서 채 치고 도막
치고 나박김치 담그다 무밥하고 등짝까지 뜨끈한 무국 끓이
다 움 속 싱둥싱둥 무 썰어 이 시린 동김치 먹다 시렁에 엎
드린 업구렁이랑 눈 딱 마주쳐 낙장거리하다 사대봉사로 시
앗질한 서방으로 돌아들어 무말랭이는 간데없고 몇십 년 훌
쩍 뒤로만 뛰어가던 할머니의

토란나물 먹을 만하네, 말했다가 사십 년 전 장광 항아리
뚜껑 깨지던 된추위부터 터앝 거름부터 움트는 이랑에 토
란잎 너울거리고 알줄기에 덕석이 손톱 밑 깜장 물이 껍닥
벗겨지던 불볕이 밭풀 풍년이 가뭄 들어 꽝꽝 서숙밥이 건
들장마에 터진 둑이 태풍에 자빠진 나락이 토란은 당최 간
데없고 가난한 살림살이 떼로 몰려들어 가슴속 화르르 타
오르는 화 퍼붓다 진저리 치다 울컥, 기어코 목메는 엄마의
몸서리나는 시집의, 시집에 의한, 시집을 위한 사설로부터

세밑 끝판은 젊을 적 말수 적었다는 아버지로부터 삼대
독자 가난부터 합격하고도 못 간 원수놈의 목포제일중학교

부터 934168 군번 외치고 쌔벼 갈까 한 손은 군모 잡고 한 손은 꼴마리 까다 바지 놓치던 강원도 원통골 변소부터 무지하게 추워 바로 얼어 탑 만든 오줌 기둥들 개간 염전 갯둑 터진 물기둥들 살림 말아먹고 빨간딱지 붙은 집 나와 진돗개 팔고 축음기 팔고 몰래 밀주도 팔고 저수지도 파던 세월 일으켰다 잦혔다 너무도 빠삭한 자서전 레퍼토리

셋째 등록금 빌리는 대목에서 타이밍 잡은 큰오빠가 아직 반의반도 안 읽은 책, 중동 잡아 끊어 버리고 뛸 때, 새들새들 막둥이 아랫방으로 달아나고 작은오빠 담배 들고 날아가고 올케언니 주방으로 슬라이딩 거시기, 하며 엄마 벌써 마당 내려서고 저린 엄지발가락 꺾고 코에 침 바르다 못 내뺀 나만 아버지 산득산득한 얼굴 찰칵, 눈에 담던 그때 세밑

사설의 주인공들은 이미 먼 나라로 떠나고 올해 세밑, 1980년 5월 18일 전남대학교 정문 옆 하숙집 극적으로 탈출하던 이야기에 그때 엮으려는데 사설이 너무 길다 초입부터 달아나는 딸에게 펴 보지 못하고 혼자 되짚다 책장 사이 분분한 눈 날아들어 까닭 없이 눈물 훔치고 마는 불가역의 그때, 몽골반점 같은 레퍼토리들 어디로 가 덧쓰일까

리즈 시절에

경보 없이 포탄이 터졌습니다
머리 맞은 비비추 원추리는 녹다운
매발톱꽃은 정강이가 부러졌습니다
원산폭격으로 버티는 박하풀 밑
전치 2주 상해 입은 토끼풀도 있습니다
사정거리 밖 나비만 팔랑
뜰은 신음 소리 가득한 야전병원입니다

기운이 생동한 아기 고양이 탄알들이
무차별 투하되는 뜰 관전하다가
몸 반쪽도 말도 잃고
눈이 발로 변한 이에게 갑니다
오늘은 어디 봄나들이 가려는지
살아남은 눈이 유난하게 서성거립니다

뜰에서 풀숲에서 동산에서
천진하게 뛰노는 어린것들
가장 찬란한 때 거두어 가는
비밀 하나 알 것 같은 날입니다

먼 나라

박새 두 마리가 길고양이 사료 물고 날아가는 저녁입니다 톡톡, 나무에서 밥 쪼아 먹는 소리 들으며 옛 동료를 생각합니다

오십 년 홀로 살았어도 저녁때 외롭다는 그는 AM 라디오가 친구입니다 겹겹 클래식 음악으로 사람 침입 막던 젊은 날의 동료는 이제 사람 소리 종일 틀어 빈방 가득 채웁니다 반려 나무 아래서 말하고 밥 먹고 꿈꿉니다

사람 귀한 어느 나라에선 차 탔을 때 빈자리 많아도 사람 있는 옆자리 앉는다는 말 떠오릅니다 태어난 곳으로 고개 돌리고 마지막 숨 모은다는 여우도 오솔길에서 친구 기다리는 길고양이도 퇴근하는 차들도 모두 같은 것 찾겠지요

그러나 뭉근한 온기는 더 깊이 숨어 가장 가기 어려운 오지입니다

한 바람[*]

1

왕벚나무 아래 낯익은 고양이가 엎드려 있다 루드베키아 필 때 발코니 아래 새끼 둘 내게 떼고 간 어미다 한 바람 떨어져 저보다 커진 고양이를 바라본다

밥 달라는 신호가 어제보다 작고 보드라운 건 제 엄마가 있어서다 오도독거리며 뭐라 종알댄다 보고 싶었다 밥 굶지 않는다 길이 무섭다 이런 말일까 어미가 작약잎 같은 귀 오므려 새끼들 소리를 담는다

어미가 일어난다 한 바람 떨어진 거리가 낭창거리다 짱짱해진다 세 바람, 다섯 바람 늘어나 되똥인다 벚나무에 갸울다 능소화로 휘어든다 쥐똥나무랑 섞인다 보이다 말다 한 길 너머 가뭇,

2

얼음길로 등성이로 풀숲으로 난 초고속 광케이블 길에는 눈표범과 늑대와 참수리와 길고양이가 삼십 리 걸어 큰딸 집에 온 외할머니가 딸깍, 내 자취방 들어온 엄마가 딸 원룸 불빛 처다보는 내가

아득한 신생대에서 왕벚나무 아래까지 매설된 어미들 따로난 새끼 찾아와 바라보는 한 바람 눈빛 속에 이 행성의 비밀 오롯하다

* 바람: 두 팔을 양옆으로 펴서 벌렸을 때 한쪽 손끝에서 다른 쪽 손끝까지 길이.

장미와 햇볕

여기는 (진짜) 싸울 이유가 없는 곳이에요. 그들은 이유를 찾아낼 거야. 전쟁은 미덕이니까[*]

포도송이가 유리창 반을 가린 식당에 앉아 음식을 주문하였죠 박물관에서 본 사진들은 허기를 불렀어요 폭파되어 복원했다는 다리에 몰려 사진 찍는 여행객들을 식당 너머 총상 입은 건물이 내려다보고 있었죠 밤새 결리던 어깨뼈 누르는데 진한 장미 향기가 실내를 장식했어요

저녁이 되어도 해는 지칠 줄 모르고 햇살을 쏘았죠 지중해 건너온 해는 거칠고 잔인한 전사, 비나 눈보다 직통의 햇볕이 혈육 살해 조건이 된 건 픽션이 아니었어요 포도와 장미를 키우는 맹렬한 햇볕은 전투력을 키워 검푸른 수평선 너머로 진격하게 만들었죠

유엔은 전쟁을 즐기며 여기저기에서 사진을 찍어 댔죠[**]

기억하려 한다지만 기억이라는 말만 박제하여 안치하죠 더 잔인하게 진화한 증오를 기념품처럼 늘어나는 학살 박물관들이 증명하지요 피 뿌리지 않은 곳 밟을 수 있다면 그곳

이 성지예요 살해를 덮고 땅은 여전히 붉고 탱탱한 장미를 토하죠 절규와 눈물이 달콤한 포도로 변하고 포도 알알보다 겨자씨보다 더 많은 목숨이 스러진 곳에서 장미는 환락의 향기로 비명을 희석하였어요

　제노사이드 없는 땅 찾을 수 있을까요 엎질러진 레드 와인 같은 아드리아해 저녁놀이 서해 바다 노을빛처럼 착색되네요 어스름 속에 앉아 객수에 젖는데 발칸반도의 먹먹한 통한이 극동의 이방인에게 옮기어 옵니다 대속하듯 명치 타고 올라 복장뼈로 어깨뼈로 이어지는 통증, 온몸으로 다 받아들여야 할 밤입니다

*,** 영화, 《Before the Rain》.

발굽들

간지럽던 발뒤꿈치가 아리더군요 뒤꿈치 들여다보다 겨울이면 늘 벌어져 면봉이 들어가던 뒤꿈치가 떠올랐습니다

첫눈 오면 나는 숨긴 날개 펴고 직장에서 가장 멀리 떨어진 곳 향해 날았죠 당신은 그때 네발 가진 나귀였어요 마당으로 부엌으로 병상으로 달가닥거리며 높다란 등짐 부렸죠 늦도록 날아오지 않는 딸 방에 불 넣고 어지러운 깃들 모았을 거예요

당신 벌어진 굽은 내 스웨터와 실크스카프에서 오래 머물렀겠지요 올 부풀었다고 줄 나갔다고 나는 포악질 부렸고요 달강달강 마룻장 오르내리던 소리 이제야 듣습니다

까마득하게 날아왔는데 어떻게 벌어진 발일까요 껄껄해진 내 발굽에 스친 딸이 화들짝 놀라는 날들입니다 아차, 딸의 보송보송한 깃들 개켜 달려가야 합니다 달가닥달가닥 아무리 달려도 닿지 않는 날개 아래 멈추었습니다

그때 당신에게 했을 말들 그대로 쏟아집니다 거들먹거리는 소리 그저 듣습니다 아직 들을 날 많이 남아 공평합니다

제4부 통 굴리는 해변

혀 주걱

헛바늘 돋은 혀에 연고 바른다
혀는 잠시 고요해진다

어릴 때 봄날
헛바늘 돋아 밥 깨작거리면
엄마는 늘 밥주걱 끝을
손바닥으로 쓸며 말했다
모래가 들었냐 가시가 들었냐

비방은 딱 맞아
헛바늘은 쓸려 나갔을 거다
자운영 붉은 둑길 너머
물비늘 어지러운 바다 가까이
단숨에 내달을 수 있었으니

봄비 속 퇴근하는 차량들
단지 안으로 밀려든다
모래 저었을까 가시 저었을까
종일 저어 붉어진 혀
헤드라이트처럼 밝히고

작약을 읽는다

손댈수록
망가지는 문장들 밀치고
적작약 꽃망울 위로
올라가는 개미들을 본다

소설『달에 울다』
열여섯 번째 쪽 셋째 줄
'사과꽃 냄새가
창으로 들어오는' 대목에서
작약으로 눈 옮겼을 때
꽃잎 세 장 벌써 태어났다

개미들이 퇴고한
신작 한 편이
발코니 서고에 막 꽂혔다
탐독할 책 목록이
추가되었다

가을 공원

외진 벤치에서 울먹이는 이 보았는데요 나를 세웠던 말들 떠올리는 동안 미루나무에서 까치가 수다 쏟는 동안 명지바람 마거리트 꽃잎 향 퍼트리는 동안 하나둘 은행알 떨어져 구르는 동안 길고양이 앞에서 소녀가 간식 욜랑거리는 동안

꽃향내 앙구다 머리칼 쓸고 가는 보드라운 바람이었을까요 나뭇잎들 가벼운 노래였을까요 그루밍하는 고양이 분홍색 발에 닿았을까요 눈물 긋고 전화하는 그 사람 환한 잇속이 가을꽃같이 하늘거렸는데요 벤치에서 일어서는 그 사람 흰 셔츠가 울트라마린 깊은 하늘 속 돛처럼 펼쳐졌는데요

생짜

꽃과 잎이 서로 못 만난다는 꽃무릇 흐드러진 함평 천지 어느 마을 회관 앞 지나가는데 할머니들 장구 장단에 맞춰 아리랑 고개 넘어가고 있었다

꼽사리 끼어 앉아 단가 사철가를 자청하여

어제 청춘일러니 봄 대목 넘고 녹음방초 여름 지나 깐닥 깐닥 황국 단풍 들어갈 때

가만 들려오는 말소리

아직 안 익었구마안 쌩목이네에 쌩목, 슬그머니 노래 거 두는데

꿈아아 꾸우움아아 무정허어언 꿈아 오시는 님을 보내 는 꿈아아

회회 굽이치다 휘돌아 한소끔 끓다가 틀어 올라가 죄 공 중으로 솟구쳐 머물다 끊겨져 마디마디 뒹굴다 두 박 주춤, 워르르 그대로

진양조 육자배기 가락 부어졌다

푹 익어 무른 소리 사방으로 삼투되어

꿈길인지 꿈 바깥인지 임 기다리는 이들 모두 꽃무릇보
다 더 붉어지고 있었다

꽃이 본다

꽃 가득한 산책길
망초꽃 보고 숨어 핀 메꽃도 보고
떼로 모인 엉겅퀴도 보고
꽃양귀비 클로즈업하여 사진 찍는다
그제도 어제도 본 꽃들이
사람 드물어 훨씬 많이 보인다

가만, 아직까지
내가 꽃을 본다 생각하다니
둔덕 원추리 떼가 나를 품평하고
금계국들이 나를 보고 조잘대며
꽃양귀비가 위아래 훑을 것이다

내일부터 땀 젖은 나이키 운동복 벗고
리넨 원피스 차려입고 향수 뿌리겠다
동여맨 머리 내리고 립스틱 바르겠다
브이, 포즈 취하는 어느 여인에게
꽃들이 찰칵찰칵
셔터 터트릴지 모를 일이니까

수렵기

노란목도리담비 목에 두른다
돌도끼 돌살촉 동검도 전통에 넣고
가라말 타고 급강하된 거리 달린다
해학적으로 환쳐 놓은 담벼락 지나
갖옷 냄새 진동하는 비탈길 올라간다
설표 스라소니 늑대가 설치는 고원
돌도끼든 화살이든 반달돌칼이든
잡히는 대로 들고 적진으로 돌진
단박에 메어꽂고 멱을 짚어야 한다
눈에는 눈 힘에는 힘
먼저 급소 찾아 초장에 끝내야 한다
숨통에서 솟구치는 피 하늘에 바친 뒤
등자에 포획물 묶고 한길 나가면
연호하는 바람이 내 명성 전해 주리라
이름이 먼저 돌격하여 벌판 진압하리라
며칠째 짐승 냄새 날아오지 않는다
미리 전통에 살 가득 꽂고 고원에 선다
요새 우수리강 너머 형형한 발광체들 성하다
이제 자작나무 숲속에서 지분거리며
연어 꽁무니 쫓는 불곰과 한판이다

비약적으로

벼랑 끝으로
너울거리는 덩굴손들
잡히지 않는 것 붙잡으려는
악착이 없었다면
하늘 아래
주먹보다 큰 에메랄드 열매
매달 수 있을까
캄캄한 사막이 당도하여
온몸 타들어 갈 때
직통하지 않았다면
검은 나무와 저렇게
이질적으로 붉은 배롱나무 꽃들이
가지에 흐드러질 수 있을까

치사량 매혹을 두고도
에둘러 갔다면
피 흘리며 천길 허공 끝까지
올라갈 수 있었을까
덥석 물고 놓지 않는

지독한 내통이 없었다면

우리일 수 있었을까

즉문즉설처럼

섭씨 37.3도 습도 83퍼센트
심장도 뇌도 녹아내리는데
둔덕에 개미 떼'처럼'이 아니라
진짜 개미 떼가 와글거린다

숨 막히는 이 무더위에 개미들
결혼식 있나 장례식 행렬인가
집회라도 열렸나 초저가 명품 행사인가
무슨 일일까 무얼 하는 걸까

궁금해서 혹시 누가 묻는다면
망설이지 않고 나는 바로 답하겠다

이것은 개미계의
테일러 스위프트급 가수
공연 표를 구하지 못한 개미 떼다

섭씨 31.9도까지 오른 독일 뮌헨에서
가수 공연 보기 위해
공연장에는 7만 4,000여 명,

표 못 구한 팬 2만여 명은
공연장 밖 60여 미터 언덕에
사람이 '개미 떼처럼 몰렸다'는
인터넷 기사의
오솔길 둔덕 실사판

공연장 안에 못 들어가고
세 시간 전부터 몰려들어
일생일대의 전설적 공연 기다리는
정말 개미 떼, 수만 마리다

줏대 없이

목등뼈 허리뼈 차례로 부러졌습니다
고개 숙고 두 다리 휘어듭니다
복숭아뼈도 갈라지고
상하악골마저 무너지고 있습니다

아직 깊이 숨었을지 모를
뼛센 뼈들 만져 찾아냅니다
꼿꼿이 걷던 때 아득합니다
모로 선 눈도 귀도
모양 없는 물렁이 되었습니다
보는 대로 듣는 대로
모두 보드라운 물질로 변합니다

머리도 심장도
엑스선 통과한 듯 다 비칩니다
당신이 보는 그대로 아주 말갛습니다
뼈가 없어 절로 수그려 공손합니다
마음껏 휘두르는 이들 아래
이제 흐를 수 있습니다
아름다운 연체에 다다르고 있습니다

가을볕

모과 향 퍼지는 공원에서 고양이들과 할머니들이 섞이
어 논다 벤치 건너 아가들 웃음소리 모과나무 위로 솟구친
다 찬란한 볕에 모두 습기 말라 팽팽하다 짜랑짜랑 잘 익는
소리가 난다

아난다야 그러므로 나는 너다, 부처의 이 말은 기막히게
보송한 햇볕 낙원에서 나와 동그래지고 여물어 떨어진 뒤
후숙되었으리라

꽃 심은 뒤

있어도 없는 사람 발톱 다듬는다
이 사람 입과 팔다리는 멈추었다
죽어 가는 나무가 내놓는 새잎처럼
다리는 필사적으로 발톱을 밀어 증명한다

견갑 지나 허리 능선 따라가면
오래된 쑥뜸 군락지가 있다
펴지지 않는 무릎에서 하얗게 절정이다
이 무릎은 늘 다른 무릎 뒤에 있었다
죽죽 벋은 다리들 아래
바짝 엎드리던 뜻을 알지 못했다

미동 없는 발 따뜻한 물로 씻는다
발톱 자리 말간 새순 비친다

엎드린 것은 굽히어 바닥이 되는 일
스스로 한없이 낮은 단 되어
받아 주고 되올라가게 하는 일

내 모든 전성기는

이 사람 닳은 무릎에서 비롯하였다
아무리 아래로 내려가도
나는 이 사람 따라잡을 수 없다

쑥뜸 흔적 모인 곳 헤적여 꽃 심는다
있어도 없는 이 사람 믿음대로
심었으니 어디에든 피어날 것이다

하관

품목 하나 옮겨
빌트인 하는 산허리

모서리가 벌어져 기우듬하였다

송홧가루 뛰어들었다
조팝나무 향도 갯내도 순장하였다
얼굴에 방울져 떨어진 안개비가
남은 실금 메웠다

달가닥, 맞는 소리가 났다

줄지도 늘지도 않은
거기와 여기, 다시 같아졌다

오래된 속도

열빙어 간식 물고
0.001초, 회양목 아래로 사라진다
일 년 전에도 여섯 달 전에도
어미 길고양이 속도는 똑같았다

십리사탕 머리핀 주머니에 넣고
삼양라면 든 보따리 이고
당근 밭둑으로 내리 내달리던
젊은 엄마도 저랬다

동산 실고랑에서
톡톡, 새끼들 송곳니가
쥐똥나무 꽃만큼
볼가지고 있을 것이다

세우다

갑자기 집 한쪽이 기울었다 칸살마다 널빤지 댔지만 직립은 한 뼘씩 멀어졌다 다들 한쪽은 남아 다행이다 했으나 무너지는 집의 가장 좋은 보수 공사는 깨끗하게 넘어지도록 보는 것 먼지로 잘 날아가도록 그냥 두는 것, 아니다, 그냥 보기만 하는 내공은 고승에게나 있어 반파된 문턱에 모래 한 줌씩이라도 넣기로 했다

방문 일지에 이름과 휴대폰 번호 적고 낡은 집 돌아 미닫이문 밀 때면 제발 산에 버려라 탕탕 부숴 들에 던져라 들보 밖으로 나온 입이 난동하였다 턱받이가 펄럭, 공중 부양하는 국물 밥알들 마룻장이 들썩, 더욱더 흥분하면 보드라운 카스테라 공수가 제격, 가장 무서운 구멍은 양갱이 맡고 창구멍은 홍삼이 막았다

한쪽 기둥이 조금씩 미지근해지는 그때 아주 찰나적으로 달려 캐슬리버파크 이편한세상 거실에 누우면 창밖 뭉게구름은 가장 아름다운 궁궐로 번성하고

반파된 집 쓸모 헤아리며 잠들 때 죽지뼈 아래 몽글, 감싸는 것이 있었다 뻐근한 등 폭신히 받치는 것이 있었다 괴

고 있었다 더 밀고 있었다

  기저귀 갈아 주는 손들 동동걸음 출근하는 발들 하늘로
비눗방울 날리는 입들 아직 죽죽 직립한 집들 번쩍 들고 있
었다 꼿꼿이 세우고 있었다, 점점 무너지는 집들이

통 굴리는 해변

저 분노 울음 식탐 다툼
무차별 쏟아지는 소음과 악취
모두 내 것이라는 전언이군
종량할 수 없는 저것 만나면
화내지 말고 생크림케이크 건네라네
너는 곧 나다 평심서기하라네

궁전 세 채 속 시녀들에게 싸여 산해진미 맛본 사람은, 날
마다 쾌락의 술잔 든 사람은 출가할 수 있지 궁전 세 채 속
으로 들어가고 싶은 축과 궁전도 시녀도 버린 극단의 축 사
이에 분포한 무한한 사람들

해 보았으니 점점 더 하고
해 보았으므로 멈춰야 하고
안 해 보았으니 해 봐야 하고
안 해 보았으니 안 해도 모르고
모르면 평탄하여 머물 수 있지

허리에 후끈한 파스 붙인 당신이 밥을 차리는군 오늘도
햄 샌드위치와 샐러드네 아침부터 너무 서양적이다 한마디

에 동서양 갈라치기다 서는 동으로 동은 서로 질주하는 컨템퍼러리 시대에 완전히 몹쓸 사고라는군

　몇만 번 스친 사이였을까 우린, 못 스치게 옷깃 확 찢어버렸어야 했다 받아치는군 그래 우리는 결코 단단해지는 법이라곤 없는, 수증기만큼도 못한 밀도를 지녔다 하네 어느 날 무에서 나타나 반짝였다가 무로 사라지는 우리들 모두는 해변의 사람들*

　열흘 전 빌딩 팔기 위해 골몰하던 수백 억 자산가가 부고란으로 옮겼네 통장도 현금도 베개 밑에 숨기고 화장실에서 길에서 숲에서 마감한 그들은 우리라는 메시지야 기껏해야 몇 초밖에 발자국 붙잡지 않는 모래밭에서 몇 초밖에 간직하지 않는 발자국 남기는** 나는 당신은 그들은 오늘도 해거름까지 필사적으로 살아 모래알 힘껏 누르는 사람들이야 당신 말은 늘 손가락과 달을 대동하는군

　지독한 모략극이다 바퀴도 통도 못 알아보게 만들었거든 굴릴 때마다 막대 끝에서 달달한 초콜릿이 떨어지지 팔다리가 닳아지든 떨어져 나가든 말든 혀끝에 남은 초콜릿 기운

으로 내릴 수 없는 장치에 올라타지 회전 통에서 끝없이 달
리는 시스템이야

구르게 하는 것은 신 뜻이라네
전생이라네 아니 자기 의지라네
아니 너머의 바퀴라네
넘으면 또 넘어야 하는 끝없는 너머라네
안 멈추는 통 안의
우리는 해변의 등장인물들
모래알 위 나는 너는 그들은

*, ** 파트릭 모디아노 소설, 『어두운 상점들의 거리』.

세상을 데우는 맑고 예민한 시심
—강유환 시집 『장미와 햇볕』에 대하여

김재홍(시인, 문학평론가)

편편마다 고원을 이루는 개별 작품을 낱낱으로 보지 못해
서는 평론가가 될 수 없고, 되어서도 안 된다. 하나하나 우
주를 품고 있는 시인들을 따로따로 보지 못해서는 비평가가
될 수 없고, 되어서도 안 된다.

　그러나 비평가에게는 분석적 열망만큼 종합에의 욕망 또
한 강렬하다. 그러므로 평론 역시 '틈' 속에서 틈을 사유하
는 분야라 할 수 있다. 열망과 욕망의 '틈'을 주밀하게 의식
하면서 한 단락의 평문이 완성되고 한 편의 해설이 긴장을
유지한다. 틈이 적실할수록 비평의 합리성과 윤리의식이
빛을 발하는 것은 물론이다.

　중층적 사유와 복합적 상상력을 뿌리로 하여 다양한 시

적 양상을 보여 주고 있는 강유환의 시집 『장미와 햇볕』을
대하는 자세도 마땅히 그러해야 한다. 각 시편들이 담고 있
는 고유한 향취를 그것대로 깊이 응시하면서 그의 시적 사
유와 상상력의 근저를 탐색해야 한다. 작품의 분석이 치밀
할 때 그것을 종합하는 거시적 논리도 근사近似해질 것이다.

그런 점에서 다시 비평(해설)의 경계는 틈이다. 그 최외곽
경계선은 분석과 종합의 미분 곡선을 따라 진동할 것이다.
이번 시집이 보여 주는 강유환의 시 세계는 유기체 철학(화
이트헤드)이 말하는 과정으로서의 연속성의 사유와 닿아 있
다. 또한 자아와 타자를 구별하지 않는 일의적 생태학과도
연결되어 있다. 그리고 이 둘의 진동을 윤리적으로 강화시
켜 주는 모성적 사유가 바탕을 형성하고 있다.

이와 같은 종합을 가능하게 하는 작품론적 분석은 그러므
로 주밀하되 괴롭지 않고, 예민하되 쓸쓸하지 않을 터이다.

'돌'과 함께, '웅덩이'와 함께

일의적 관점을 따르는 이들에게 세계는 한 올, 한 마디도
끊어지지 않은 완벽히 연결된 체계이다. 라이프니츠와 마
찬가지로 화이트헤드에게 "기초적 관념들은 상호 간에 분리
불가능한 것"이며 그렇기 때문에 "어떠한 존재(entity)도 우

주의 체계로부터 완전히 분리되어서는 파악될 수 없"었다.[*]
분리되지 않는 연속성은 강유환의 시에서도 눈에 띄게 자주
발견된다. 그리고 그것은 그의 시 세계에서 아주 중요한 시
적 특질 가운데 하나를 이룬다.

　가령 "돌은 꽃도 새도 사람인 적도 있었다"고 표현하는
「돌에게」는 모든 것이 '돌'로 연결된 완벽한 연속성을 보여
준다. "피어나는 돌 날갯짓하는 돌 마루청 닦는 돌 밥 안치
는 돌 웃는 돌 비명 지르는 돌 제발 죽여 달라는 돌 퉁퉁 부
어 알아볼 수 없는 돌 말을 잃은 돌"과 같은 직접적인 시행
도 보인다. 여기서 '돌'은 표면적으로는 사회 역사적 문맥
위에 있는 것이지만, 동시에 매우 인간적인 생활 양상들
이 가장 원초적인 '돌'로 환기되는 연속성의 인식 위에 있음
도 명확하다.

　그런데 예민한 독자라면 절대 놓치지 말아야 할 아주 날
카로운 지점이 있다. 그것은 '돌'을 통해 연결된 유기적 연
결선이 직선이나 나선이 아니란 점이다. 수평으로든 수직
으로든 단선적 연결선이 아니라는 데 「돌에게」를 통해 보여
주는 강유환식 사유의 깊이가 있다. 보다시피 '돌'은 피어나
고 날갯짓하고 마루청을 닦는다. 밥을 안치고 웃고 비명을
지른다. 그리고 "제발 죽여 달라" 하기도 하고, 알아볼 수
도 없고, 말을 잃어버리기도 한다.

　이처럼 '돌'의 연결선은 세계를 구성하는 입체적인 양상

[*] 앨프레드 화이트헤드, 오영환 옮김, 『과정과 실재』, 민음사, 2016(2판
　7쇄), 52쪽.

을 완벽히 보여 준다. 이를 시각화하는 것은 쉽지 않은 일이지만, 비유컨대 어린아이가 태어나 처음 잡은 볼펜으로 백지 위에 마구잡이로 그려 놓은 뒤죽박죽 찌그러진 동그라미 같은 것을 상상할 수 있으리라. 그렇지 않은가. 사람에게나 돌에게나 세계는 규칙적이지 않고, 운명은 예측 불가능한 것이다.

　돌은 꽃도 새도 사람인 적도 있었다
　잠자는 돌 가슴에 카네이션 얹는다 움찔하는 돌 오늘은 여기까지다 돌 콧줄에 묽은 주스를 붓고 귀 댄다 하품하는 돌 생각날까 오늘은 여기까지다

　피어나는 돌 날갯짓하는 돌 마루청 닦는 돌 밥 안치는 돌 웃는 돌 비명 지르는 돌 제발 죽여 달라는 돌 퉁퉁 부어 알아볼 수 없는 돌 말을 잃은 돌

　돌 발톱을 다듬는다 명상하는 돌 기억을 붓는다 생각날까 숲에 옮겨심기 못 한 돌 구르지 못하는 돌 바스러지는 돌

　톡 톡 말을 떨어뜨린다 들었을까 힐스테이트포레 거실에 도착했을 때 언제 따라왔을까 돌이 구르기 시작한다 온몸 굴러다닌다 내가 돌이 될 때까지 구를 것이다 여기까지다
　　　　　　　　　　　　　　　　　　　—「돌에게」 전문

마지막 연 결구, "내가 돌이 될 때까지 구를 것이다 여기
까지다"가 주목된다. 그것은 2연과 3연에서 보여 준 강유환
의 연속성이 공간적 차원을 넘어서는 대목이기 때문이다.
'뒤죽박죽 찌그러진' 동그라미는 결국 시작이 곧 종말인 '시
간의 속성'과 탄생이 곧 죽음인 '생명의 속성'을 함축하는 이
미지였던 것이다. '돌'이 될 때까지 구르고 또 굴러야 할 운
명을 공유하고 있는 이들은 누구나 고개를 끄덕이게 되는
장면이다. 나아가,

> 지하철역 1번 출구 70미터
> 홈너싱요양센터 세 겹 문 속에는
> 작은 옹당이들이 모여 있었네
>
> 문 열릴 때마다 일제히
> 잠가 놓은 출구 향해 반 우향우
> 곧 마를 옹당이들
> 엉덩이 아래 매달고
> 저마다 찰박거리며 운신하였네
> ─「옹당이 옹덩이」 부분

이런 작품은 또 어떤가. '세 겹 문'과 '옹당이'가 물리적 대
칭성을 무너뜨리고 한곳에 모여 있는 놀라운 표현이 들어
있다. 또한 문이 열릴 때마다 옹당이들이 그 회전각을 따라
'우향우'로 움직이는 발랄하고 예각적인 시구도 들어 있다.

매우 역동적이고 시각적인 이미지가 지향하는 바는 물론 세파世波를 형상화하는 데 있겠지만, 보다 심층적 차원에서는 세계를 인식하는 강유환의 일의적 관점을 보여 주는 데 있다고 할 것이다. 낱낱이 연결된 세계는 하나와 여럿을 구별하지 않고, 여럿과 여럿도 나누지 않는다. 이것이 바로 그의 시적 사유가 직선이나 나선이 아니라 '뒤죽박죽 찌그러진' 동그라미와 같다고 할 수 있는 근거이다.

이밖에도 강유환식 연속성의 시적 표현은 「가을볕」("아난다야 그러므로 나는 너다")이나 「꽃 심은 뒤」("쑥뜸 흔적 모인 곳 헤적여 꽃 심는다") 등 적지 않은 작품에서 발견할 수 있다. 그것은 사실 거의 모든 작품을 관류하는 통주저음이기도 하다.

매미는, 봄꽃 곁에서 울고

연속성의 또 다른 양상은 봄꽃 곁에서 매미가 우는 시공간에서도 확인할 수 있다. 강남에서 강북으로, 후쿠오카에서 베이징으로 이어진 시공간에 '싱크홀'이 생기는 것은 "매미들이 많지 않아서"다. 보스니아에서 캐나다 퀘벡으로, 멕시코 게레로에서 과테말라시티로 "느닷없이 땅이 꺼"지는 것은 "매미가 그곳에 없어서"다. 한밤이건 꼭두새벽이건, "섭씨 38도 뙤약볕 지열 60도에도" '싱크홀'이 끊이지 않는 것은 모두 '매미'가 부족하기 때문이다.

일의적 생태학의 시적 표현이라 부를 만한 '싱크홀'의 보편성은 우선 공간을 연결하고, 시간을 연속선의 지평 위에 놓았을 때 깨달을 수 있는 일이다. 그것은 '매미'가 특별해서거나 어떤 신적 존재의 영靈을 표상하기 때문이 아니다. 모두가 연결된 완벽한 연속성의 체계는 원인과 결과를 단선적으로 그리지 않는다. 결과가 원인을 대신하는 인과론적 역전이 얼마든지 가능한 시공간이다. 그것은 "우주에 깔려 있는 삶의 의지가 내 안에 모여들고 그래서 내가 사람이 된다는 것을 알"* 수 있는 체계이다.

강남 봉은사로에서 강북 마곡동에서
후쿠오카 하카타역에서 베이징에서
갑자기 발밑이 꺼져
학자들이 머리 맞대고 까닭 찾지만
매미들이 많지 않아서라는 걸 몰라서다

보스니아에서 캐나다 퀘벡에서도
멕시코 게레로에서 과테말라시티에서도
느닷없이 땅이 꺼져
버스와 나무가 빨려 들어간 것도
십만 대열 이룬 매미가 그곳에 없어서다

한밤이건 꼭두새벽이건

* 테야르 드 샤르댕, 양명수 옮김, 『인간현상』, 도서출판 한길사, 2004 (제1판 제5쇄), 46쪽.

섭씨 38도 뙤약볕 지열 60도에도
불꽃 튀기며 쇠 다루는
매미들이 부족하기 때문이다
취모검으로 가를 수 없고
금강석으로도 깨뜨릴 수 없는 쇠막대를
공중에서 내리꽂는 매미 떼가
거기 살지 않아서다

일이 너무 많아 시름하며 한숨 쉬어도
내 방 아래는 절대 싱크홀 안 생기는 것은
비계기둥 없는 나무 벼랑에서
벽 타고 지하 수십 미터까지
무너지지 않게 쇠기둥 박는
매미 군단이 포진하였기 때문이다

—「싱크홀」전문

물론 기후학이나 환경론에 의지하여 '싱크홀'을 이해하는 것은 얼마든지 가능한 일이며, 그것을 틀렸다고 단정할 필요도 없을 터이다. 그러나 그것으로 만족하기에는 강유환의 시적 사유가 더욱 깊은 곳을 지향하고 있다는 것을 잊어서는 안 된다. 강유환의 사유는 수억만 생명 공동체의 셀 수 없는 구성원 가운데 극히 미미한 매미 따위가 '싱크홀'을 막아 낼 수 있다는 생각이 아니라, '나'는 '너'가 될 수 있고 지구의 아픔이 나의 고통이 될 수 있다는 존재론적 자

각에 있다.

그런 점에서 일의적 생태학은 강유환 시 세계의 또 다른 특질을 이룬다. 이제 '뒤죽박죽 찌그러진' 동그라미는 세계의 연속성만을 표상하는 게 아니라 존재자들의 개체적 동질성과 이합집산의 카오스모스적 차원 변화를 포괄한다. 코기토적 주체의 죽음을 선언한 지난 세기의 철학적 사유가 도달한 곳은 무주체거나 고정된 주체가 아니라 끊임없이 운동하는 주체이다. 그렇다면 강유환도 시를 통해 거기에 도달한 것인가.

매화 꽃비 퍼붓던 날
돼지들 첩첩 생매장되었지요
정말 귀하다는 청벚꽃
산사에 피었다 소식 올 때
개 공장에서 새끼만 낳던
어미 기계들이 소각되었고요
서해 끝 백만 송이 튤립 태어나고
장미꽃 내 심장까지 쳐들어온 날은
먼 나라 아이들 무더기
지중해 감푸른 너울에 싹 쓸리었지요

꽃구경 가자 재촉하셨지만
귀가 너무 밝아
따라나서지 못하였어요

천지 분간 모르고
마냥 피어나는 꽃들 모두
성분은 절규였으니까요

—「봄꽃 성분」 전문

　일의적 생태학의 시적 양상은 이번 시집의 다른 여러 작
품에서도 확인된다. 가령 「봄꽃 성분」도 졸지에 생매장되는
돼지들과 물너울에 휩쓸려 간 아이들을 구별하지 않으면서
'봄꽃의 성분'은 '절규'라고 말한다. 꽃에 대한 일반적인 의
미를 역전시키는 시적 발상의 참신함을 포함해 존재자가 내
지르는 아우성을 '절규'로 함축하는 기세가 우렁차다.
　그러므로 '매미'는 '싱크홀'의 원인일 뿐만 아니라 돼지와
아이들의 원인이기도 하다. 매미는, 봄꽃 곁에서 울며 뭇
생명의 한결같은 비극성을 노래한다. 그것은 비록 '신의 영
광'을 노래하는 것은 아니지만, 오직 신만이 넘어설 수 있는
차원의 경계선*을 보여 주는 듯하다. 이는 뭉크의 〈절규〉에
버금가는 봄꽃의 '절규'이다.
　"여우도 오솔길에서 친구 기다리는 길고양이도 퇴근하는
차들도 모두 같은 것"(「먼 나라」), "눈표범과 늑대와 참수리와
길고양이가 삼십 리 걸어 큰딸 집에 온 외할머니가 딸깍, 내

* "영혼이 자신의 고유한 주름들 위로 돌아다니는 한에서, 그렇지만
　주름들이 무한히 나아가기 때문에 영혼이 이 주름들을 완전히 전개
　하지 않는 한에서 '신의 영광'을 노래한다." 질 들뢰즈, 이찬웅 옮김,
　『주름, 라이프니츠와 바로크』, 문학과지성사, 2004, 11쪽.

자취방 들어온 엄마가 딸 원룸 불빛 쳐다보는"(「한 바람」), "내가 꽃을 본다 생각하다니/ 둔덕 원추리 떼가 나를 품평하고"(「꽃이 본다」)……. 이만 하면 강유환의 두 번째 시적 특질로 일의적 생태학을 운위하는 게 과한 일은 아니리라.

'칠월'이면, "헌 둥 만 둥"

강유환의 『장미와 햇볕』이 보여 주는 세 번째 시적 특질은 모성적 사유 혹은 상상력이라고 할 수 있다. 앞서 언급한 대로 이는 연속성의 사유와 일의적 생태학의 진동을 윤리적으로 강화시켜 주면서 이번 시집의 기저음基底音을 형성하고 있다. 그리고 우리는 이 대목에서 빛나는 한 편을 또 만난다.

시영아파트 앞 정자 지나가면
할머니들은 할머니들끼리
초원 풀숲에 엎드린 암사자들같이
긁적이다 하품하다 핥다가 구름 보다가

정자 지나 단풍나무 아래
모조리 혼자 벌여 앉은 할아버지들
또각또각 발걸음 소리 따라 눈 굴리다
시르죽은 수사자처럼 어깨 늘어뜨리고

먼 산 보다 부채 휘젓다 트로트 듣다가

삼 년 전에도 지난봄에도
시니어는 본래 이래야 된다는 듯
할머니들 할머니들끼리 모이고
할아버지들 모두 홀로 뚝뚝

아니, 그런데 무슨 조화인가
할머니들 속 할아버지들 섞여
할아버지들 할아버지들끼리 모여
힐스테이트도 롯데타워도 넘는 웃음소리
케냐 마사이마라 초원으로 날아가는 듯

알았다 이건 분명
그린란드 빙하가 6조 톤 녹아 없어지고
남극 보스토크 기지 겨울 평균 기온이
영하 60도에서 20도 가까이 떨어지고
모스크바 여름날이 34도까지 오르고
사하라사막에 눈 쌓이게 하는 큰손 개입이다
희망봉에서 북극 스발바르제도까지
시영아파트에서 남극 사우스셰틀랜드제도까지
기상레이더로는 잡을 수 없는
온난화가 공원 정자에 들이닥친 거다

　　　　　　　　　　　　—「칠월」 전문

이번 시집의 여러 가작들 가운데 가장 주목되는 시편은 「칠월」이다. 노년을 맞은 공동체 구성원의 동질감을 확인케 하는 시행들과 통념적 어의를 벗어던진 역동적 시어 변주가 환기하는 시적 기세가 돋보인다. 이와 같은 시정詩情을 가능케 하는 것은 물론 작품 전반에 스며들어 있는 강유환의 모성적 사유이다. 모성은 생명이며 살림이다. 모성은 대상을 적대시하지 않으며, 공격하지 않는다. 모성은 밝고 따뜻하며 다정하다. 모성은 모든 것의 근거이며 강유환의 시적 특질의 뿌리이다.

먼저 할머니들이 "풀숲에 엎드린 암사자"가 되고, 할아버지들이 "시르죽은 수사자"가 되는 활달한 비유가 있다. 노년의 동질감 속에서 "힐스테이트도 롯데타워도 넘는" 혹은 "케냐 마사이마라 초원으로 날아가는 듯"한 할아버지·할머니들의 웃음소리가 주는 매우 중층적이고 복합적인 시흥詩興이 살아 있다. 중년도 그렇지만 노년의 웃음은 단지 기쁨만을 표상할 수 없으며, 그 안에는 언어화하기 어려운 매우 복합적인 정서가 함축되기 마련임을 짐짓 힘들이지 않는 시행 경영을 통해 표현해 내고 있다.

나아가 그린란드와 남극과 모스크바, 사하라사막과 희망봉과 스발바르제도를 포괄하는 광대한 생명 공동체의 터전이 주는 시적 공간의 통쾌한 해방감도 보인다. 그리고 이 모든 시적 전개를 아우르는 중층·복합의 '온난화'가 있다. 이는 일차적으로 기후 변화로 인한 기온 상승이라는 어의 그대로 사용되었는가 하면, 할아버지와 할머니들의 차이(혹은

차별)를 무화시키는 뜻으로 쓰이기도 했다.

여기서 특별한 점은 '온난화'가 집단 사이의 대립을 와해시키는 차원("할머니들 속 할아버지들 섞여")보다 더 넓은 데로 나아간다는 점에서 온다. "사하라사막에 눈 쌓이게 하는 큰손 개입이다"와 같은 시행을 포함한 제5연은, 말 그대로 지구적 차원에서 벌어지는 현상인 '온난화'를 보여 주는 것만이 아니다. 한국의 어느 시영아파트에 사는 할아버지와 할머니들뿐 아니라 세상의 모든 대립을 녹이고자 하는 시적 의욕을 가지고 있음을 보여 주는 것이기도 하다.

여기는 (진짜) 싸울 이유가 없는 곳이에요. 그들은 이유를 찾아낼 거야. 전쟁은 미덕이니까

포도송이가 유리창 반을 가린 식당에 앉아 음식을 주문하였죠 박물관에서 본 사진들은 허기를 불렀어요 폭파되어 복원했다는 다리에 몰려 사진 찍는 여행객들을 식당 너머 총상 입은 건물이 내려다보고 있었죠 밤새 결리던 어깨뼈 누르는데 진한 장미 향기가 실내를 장식했어요

저녁이 되어도 해는 지칠 줄 모르고 햇살을 쏘았죠 지중해 건너온 해는 거칠고 잔인한 전사, 비나 눈보다 직통의 햇볕이 혈육 살해 조건이 된 건 픽션이 아니었어요 포도와 장미를 키우는 맹렬한 햇볕은 전투력을 키워 검푸른 수평선 너머로 진격하게 만들었죠

유엔은 전쟁을 즐기며 여기저기에서 사진을 찍어 댔죠

　기억하려 한다지만 기억이라는 말만 박제하여 안치하죠
더 잔인하게 진화한 증오를 기념품처럼 늘어나는 학살 박
물관들이 증명하지요 피 뿌리지 않은 곳 밟을 수 있다면 그
곳이 성지예요 살해를 덮고 땅은 여전히 붉고 탱탱한 장미
를 토하죠 절규와 눈물이 달콤한 포도로 변하고 포도 알알
보다 겨자씨보다 더 많은 목숨이 스러진 곳에서 장미는 환
락의 향기로 비명을 희석하였어요

　제노사이드 없는 땅 찾을 수 있을까요 엎질러진 레드 와
인 같은 아드리아해 저녁놀이 서해 바다 노을빛처럼 착색
되네요 어스름 속에 앉아 객수에 젖는데 발칸반도의 먹먹
한 통한이 극동의 이방인에게 옮기어 옵니다 대속하듯 명
치 타고 올라 복장뼈로 어깨뼈로 이어지는 통증, 온몸으로
다 받아들여야 할 밤입니다뼈로 이어지는 통증, 온몸으로
다 받아들여야 할 밤입니다

　　　　　　　　　　　　　　　—「장미와 햇볕」* 전문

　이번 시집의 표제작인 이 작품에서 강유환은 사람살이라
는 좁은 울타리를 넘어 세상의 모든 생명을 향해 활짝 열린

---

* 영화《Before the Rain》은 마케도니아 출신 밀초 만체프스키 감독의
　1994년 작품으로 같은 해 미국 아카데미상 외국어 부문에 지명되었
　으며, 제51회 베네치아 국제영화제에서 황금사자상을 받았다.

모성적 사유를 전개한다. 앞서 「칠월」에서 본 지구적 차원마저 뛰어넘어 세상을 살아가는 모든 존재자들 '낱낱'을 응시하면서, 그들 모두에게 '따로따로' 온몸을 내어 준다. "명치 타고 올라 복장뼈로 어깨뼈로 이어지는 통증, 온몸으로" 대속하는 것이다. 그런가 하면,

오매 못쓰것다 진해야아
다 숭봐야 이러고 나가며언

엄마랑 대공원 꽃구경 갈 때
마사지하고 화장해 드렸는데

헌 둥 만 둥 해 주라아
저 연헌 꽃철로

난생처음 홍매화처럼 새뜻한데
봄날 누가 흉본다고

온 천지 겹겹 꽃 사태인데
사람 구경만 실컷 했다는 엄마
뒤로는 꽃구경 가지 못하고

호숫가 꽃길 사람사태 났다
하늘까지 촘촘 덮은

연분홍 꽃들 바라다보니
깨끼 한복 입은 엄마다

가신 곳 적적하여
사람 구경 나왔나

한 듯 만 듯
연하게 화장한 꽃들이
안 그래도 무른 내 속을
그예 뒤집어 쌓는다

　　　　　　　　—「헌 둥 만 둥」 전문

　이 작품에서 강유환의 모성적 사유는 범속한 양식의 차
원을 넘어선다. 어머니의 육성을 드러내는 구어口語의 적극
적인 사용은 물론이고, 음보율의 구사와 시행의 구성도 양
식을 의식하지 않는 자유로운 언어로 표현하고 있다. 그런
자유로움 속에서 어머니의 여성적 표현욕이 희비극적 차원
으로 승화된다. 그렇게 어머니는 "연하게 화장한 꽃"이 되
어 딸과 함께 모든 어머니들의 보편적 심성으로 나아간다.
　어머니는 살리는 생명이자 살림의 생명이며, "헌 둥 만
둥" 하는 생명이다. 어머니는 하지 않은 듯하고, 표 나지 않
게 표가 나는 존재이다. 어머니가 딸을 낳고, 그 딸이 어머
니가 되어 다시 딸을 낳는다. 세상은 어머니와 함께 태어나
어머니와 함께 이어진다. 강유환은 지금 세상의 모든 어머

니들에게 바치는 헌사를 "헌 둥 만 둥" 하고 있는 것이다. 그런 점에서 「구원」이나 「내림내림」「생짜」 등도 독자들의 주목에 값하는 작품들이다.

강유환의 시집 『장미와 햇볕』은 유기체 철학이 말하는 연속성의 사유와 닿아 있다. 자아와 타자를 구별하지 않는 일의적 생태학과도 연결되어 있다. 그리고 이 둘을 기저에서 지탱하는 모성적 사유가 전편에 관류하고 있다. 그러므로 이제 우리는 '장미'와 '햇볕'과 함께 세상을 따뜻하게 데우는 맑고 예민한 시심을 향수하기만 하면 된다.